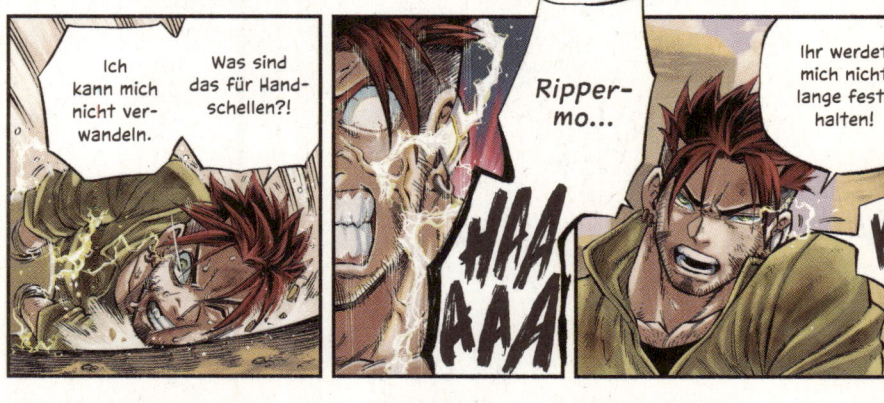

Die Brille, die Crappy mir geschenkt hat, wird mich ein wenig schützen!

Oh, stimmt ja, die ist Schrott!

Ah, ich weiß!

Die Maske hätte mir doch nützlich sein können!

Ich seh nichts mehr!

Ich bin ein Mensch, Alter!

Er handelt nicht nach Instinkt, wie ein Wendigo ... ... sondern denkt wie ein Mensch ...

Seine Bewegungen sind präzise.

Er scheint zu wissen, was er tut, und sich seiner Umgebung bewusst zu sein.

Aber Wendigos jagen ...

Die Kabel sind ganz nah!

Deal!

Wenn er es schafft, mich zu berühren, betrachte ich ihn als Menschen. Ich gebe mein Wort.

Hört alle zu!

006. THE MOON

Crappy?
Und Billie?!
Ich habe mich fertigmachen lassen. Und ich habe deine Brille zerbrochen ... Verzeih mir.

Junk! Hier!

Jetzt. Dachs!

Danke ... Billie.

... hat er es geschafft, Sie zu berühren!

Algol, platziere ein Totem, damit wir die Koordinaten dieses Ortes für später haben.

Erlenstamm, spannt Alder an.

Der Patriarch wird sein Schicksal besiegeln, sowie das des Eichenstamms.

Nun gut. Dann bring du dieses Monster in eure Schnecke.

Wir kehren zurück zum Wäldchen.

TZIU...

TZIU

007. WELCOME TO THE (ANGEL) GROVE

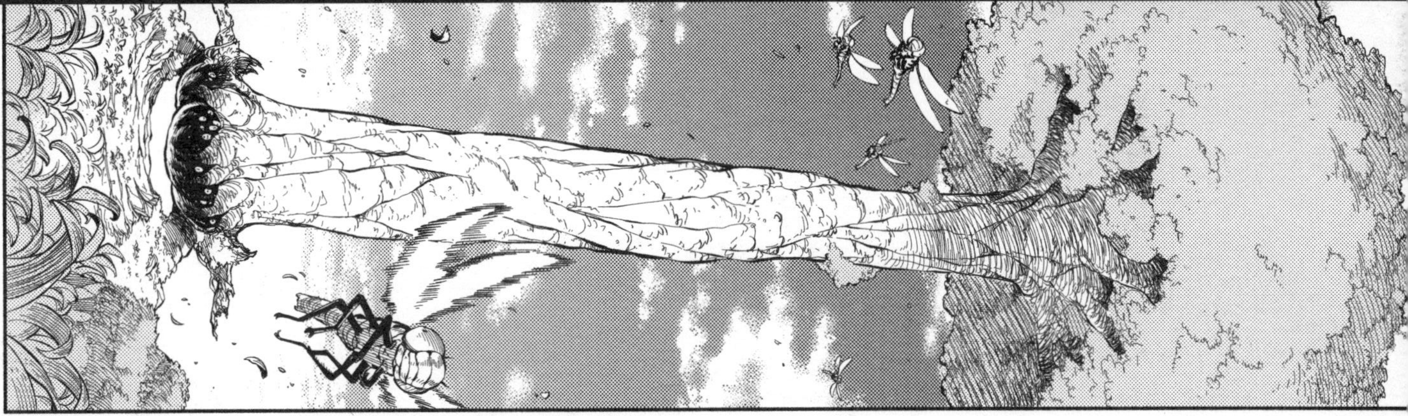

Nordbezirk des Wäldchens, Viertel des Eichenstamms

Erlen-Team im Wäldchen.

Öffnet das Haupttor, wir sind zurück.

Sofort, Ripper Algol!

Geht runter, um das Team zu begrüßen!

- So war das gar nicht ...
- Und als Krönung: Verbrüderung mit einem Wendigo.
- Oh, ganz ruhig ...
- Unerlaubte Ausreise eines Nachwuchses.
- Vortäuschung einer Mission außerhalb des Wäldchens.
- Also ...
- Wir waren fertig für den Tag.
- Missbräuchliche Nutzung eines Reittiers.
- Verlassen des Postens.
- Soll ich weitermachen?

- Unser Totem hat geleuchtet. Es wurde uns sehr wohl eine Mission zugeteilt. Wir dachten richtig zu handeln ...
- Was den Rest angeht ...
- Wem sagst du das ...
- Ich habe meinen Nachwuchs weggeschickt, um eine Panik zu vermeiden.
- Großer Chef Borthos ...
- Alle sind bereits informiert, abgesehen vom Wendigo ...
- Ihr untersteht meiner Verantwortung. Seid ihr euch bewusst, wie das wirkt?

- Wäre es möglich, neue Handschuhe zu kriegen? Unsere sind überholt.
- Ripper Lance!
- Bevor wir uns verabschieden ...
- Ripper Nessa, Ripper der Pi, ihr habt bis auf Weiteres in eurer Unterkunft zu bleiben.
- Und trotzdem habt ihr die Initiative ergriffen und das Wäldchen verlassen.
- Unsinn! Euer Totem leuchtet seit Jahren nicht mehr!
- BOM

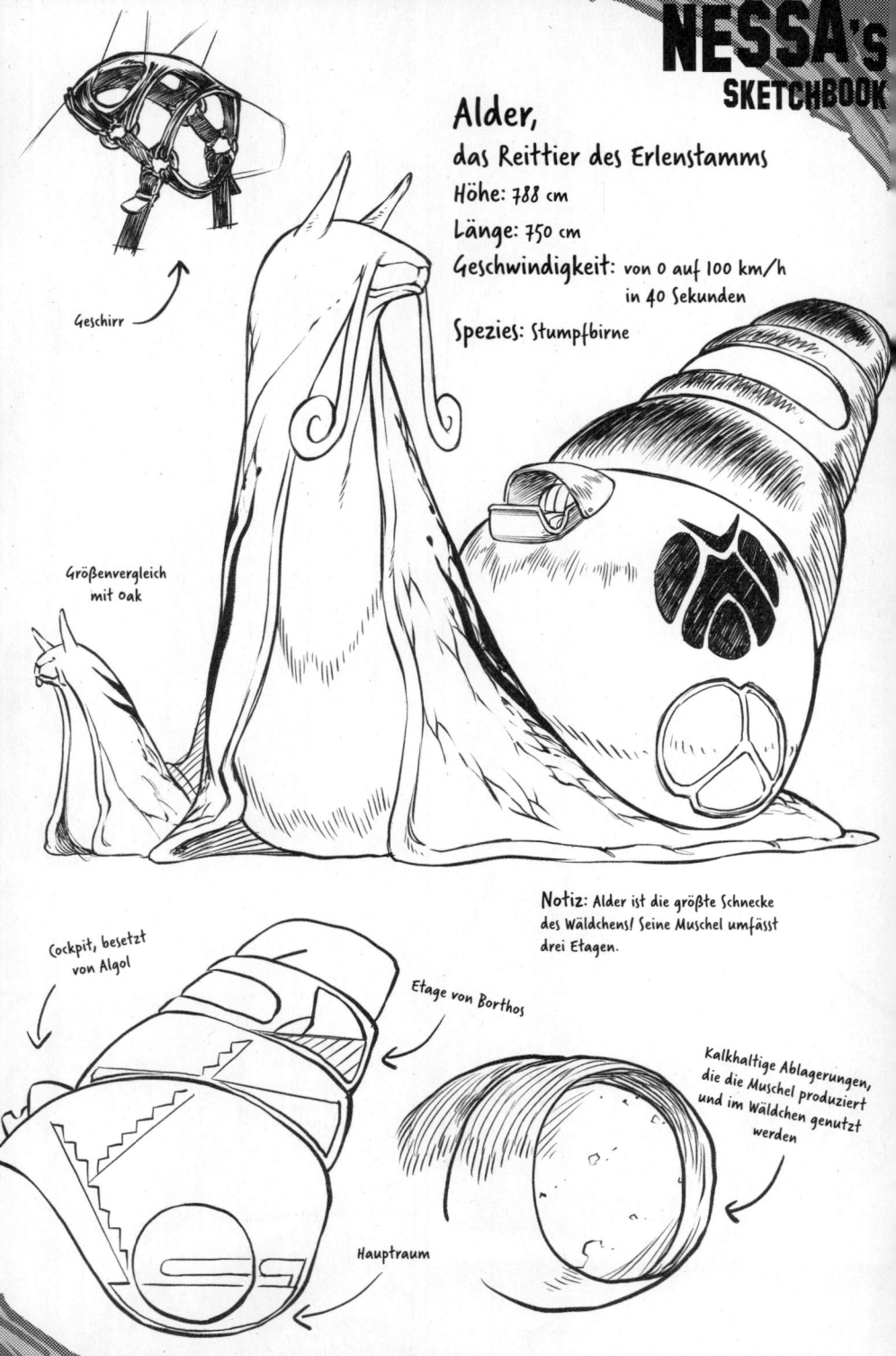

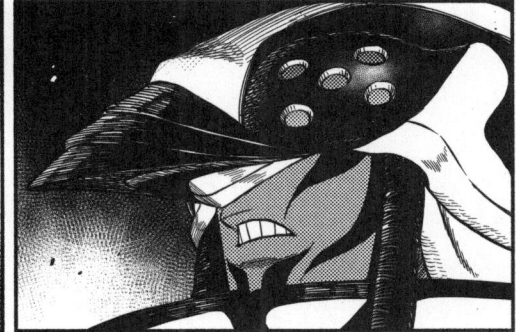

... dessen unverantwortliches Handeln den ganzen Wald in Gefahr bringt!

Im Rahmen meiner Befehle habe ich ...

Ja!

Es handelt sich um den Ripper Red Atlas ...

?!

...

... Er ist nicht nur ein Mensch ...

... aber Junk besitzt eine Maske, mit der er verschmelzen kann, genauso wie wir!

Mir ist egal, welches Schicksal ihr mir beschert ...

... Junk ist ein Ripper!

Dann seht ihr, dass das Echo natürlich in ihm zirkuliert.

Lasst mich seine Fesseln abnehmen.

Du fantasierst, Lance, das kennen wir ja schon!

Zu behaupten ein Wendigo könnte zu einem Ripper werden, das ist Blasphemie!

Davon habe ich nichts gesehen, als wir gekämpft haben!

Nein!

Ich habe auch eine Probe der Pflanzen, die er produziert!

Er könnte es euch demonstrieren.

Aber die Vorstellung, ihn mit ganzer Kraft anzugreifen ...

... ernsthafte Schäden verursachen.

Wenn ich Junk nicht schnell überwältige, könnte seine Stärke in Verbindung mit meiner ...

Er ist schnell genervt, trotz seiner Gutmütigkeit.

Aber man sieht ihm an, dass er nicht böse ist.

Ihr habt mich genervt! Es ist mir ernst!

Halt dich nicht zurück, denn ich werde es auch nicht tun!

Großer Patriarch, bitte entschuldigt die Schäden!

Ich bin dafür verantwortlich.

Ich verpflichte mich alles zu reparieren und bürge für Junk.

Lance?

Mir ist schwindelig...

Ich brauche Wasser oder Sonne...

!

Sollte er zur Gefahr werden, verbannt mich endgültig ins Exil!

Ich bin bereit meinen Platz im Wäldchen für ihn aufs Spiel zu setzen!

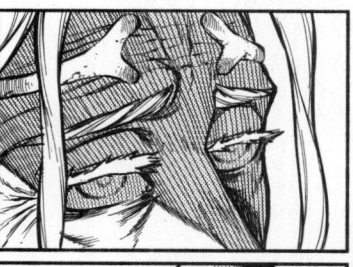

- Das ist Protokoll!
- Warum muss ich mich waschen?
- Hm?
- Das werden wir auch waschen.
- Crappy sagt, ich habe keinen Eigengeruch!

Überbleibsel seiner Rüstung sind hängen geblieben?

- Immer noch genauso eklig, dieses Teil ...
- Egal!

PUSH.

- Hmm ...
- Weißt du, wo deine Narben herkommen?
- Ja?
- Da fällt mir ein, Junk ...

Meinst du, er ist es, über den in den Wurzeln gesprochen wird?

Was meinst du?

Hast du die Gerüchte nicht gehört?!

Gerüchte interessieren mich nicht, Mara.

Hey?

Ich komme von draußen.

Hey! Ich bin Junk!

Hey, Junk von draußen.

Ich hab die Maske sonst immer in den Händen gehalten.

... ich weiß nicht, was ich machen soll ...

Nicht mehr da

Und ...

Nein ... Ich krieg's nicht hin. Ich höre die Maske nicht mehr.

In uns wirkt das Blut des Gottesgesichts also wie ein Magnet und bringt das Echo zu ihm, härtet es.

Das ist die Symbiose!

ECHO + EINKLANG = BLUT DES GOTTESGESICHTS

SYMBIOSE -Der Rippermodus-

Die Maske ist nur ein Detail, Junk. Konzentriere dich auf das Echo.

Es ist eine flüchtige Energieressource. Sobald es aktiviert ist, dünstet es kontinuierlich aus den Poren der Haut.

Deine Schwester, das ist die, über die alle sprechen, oder?

Arya, richtig?

Meine Schwester hat mir zu meiner Anfangszeit eine Technik beigebracht.

Unsere Handschuhe fungieren auch als Katalysator.

Aber du brauchst sie nicht.

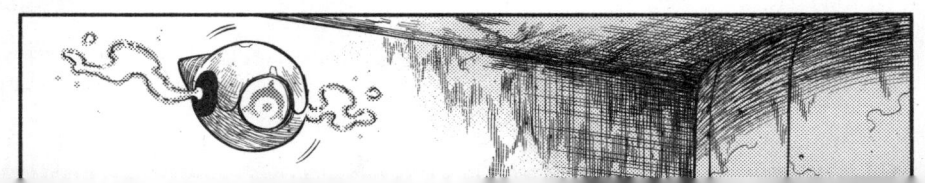

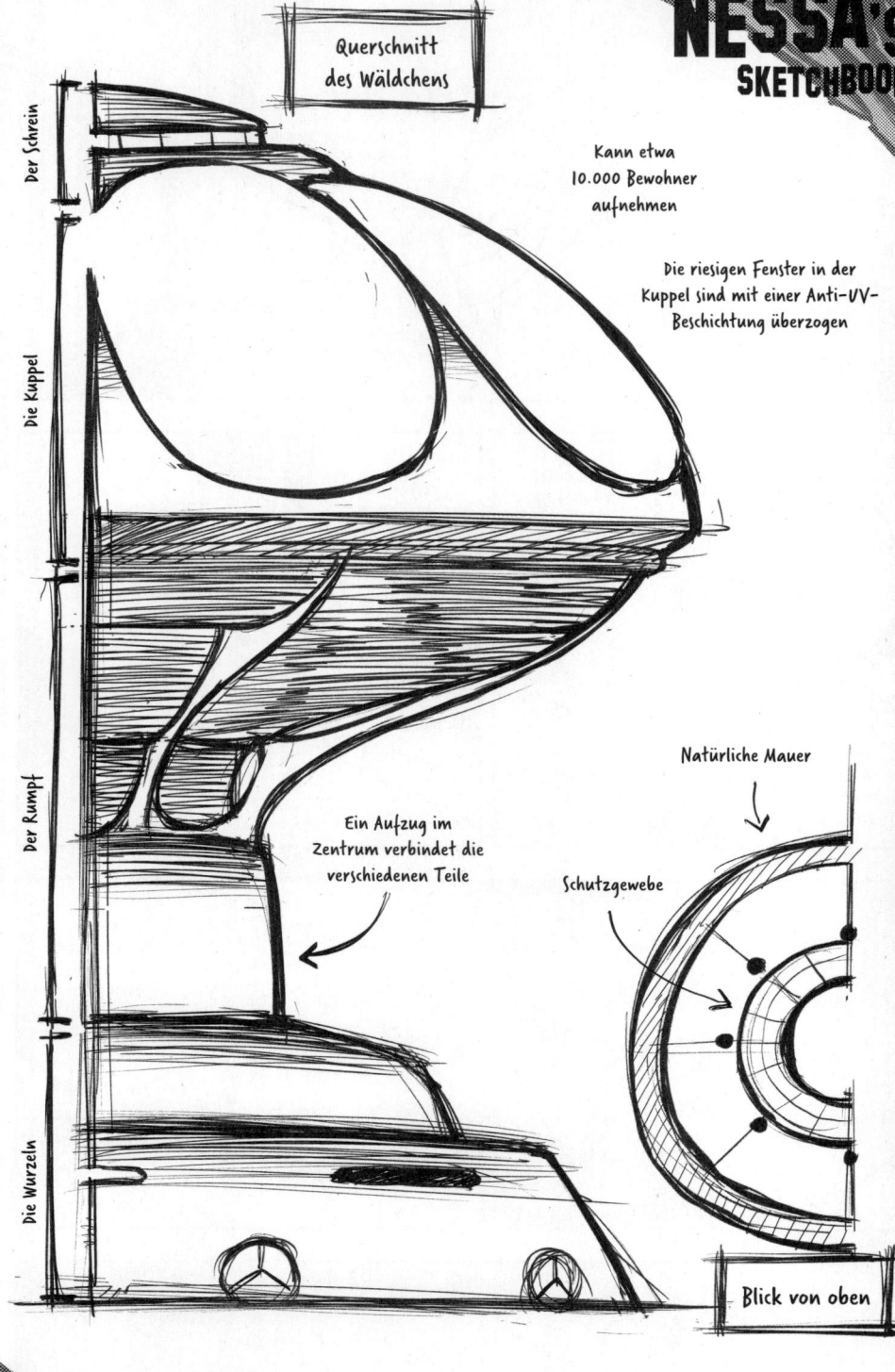

Der Kopf bleibt drinnen, während ich fahre!

Billie! Ich pass auf Oak auf. Kümmer du dich um Crappy!

BLL... BLL... BLL...

Ts...

Seid unbesorgt. Die Zone, in der ihr euch bewegt, ist weder toxisch noch gefährlich.

Die drei ersten Sektoren jedes Territoriums wurden von Wendigos gesäubert.

Es hat sich vieles in den letzten zehn Jahren verändert...

Es gibt dort keine mehr oder nur sehr wenige.

Ich melde mich bald wieder bei euch.

Sollet ihr welche sehen, habt ihr echt großes Pech.

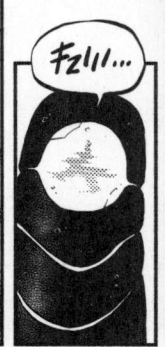

Fzlll...

Tzz...

Ich deaktiviere die Wächter-Totems. Ihr habt zehn Sekunden.

Und von wem?

Aber warum hätten sie deaktiviert sein sollen?

So muss es auch gelaufen sein, als wir in der todgeweihten Zone gelandet sind.

Oak hätte unsere Position erkennen sollen und unser Auftauchen hätte von diesen Totems erkannt werden müssen.

Ich übermittle euch die Ko-ordinaten über den Kolibri.

Ein bisschen Strecke liegt noch vor euch.

...

Er kann es nicht sein ...

Das ist unmöglich!

Diese Fähigkeit und diese Ripper-rüstung ...

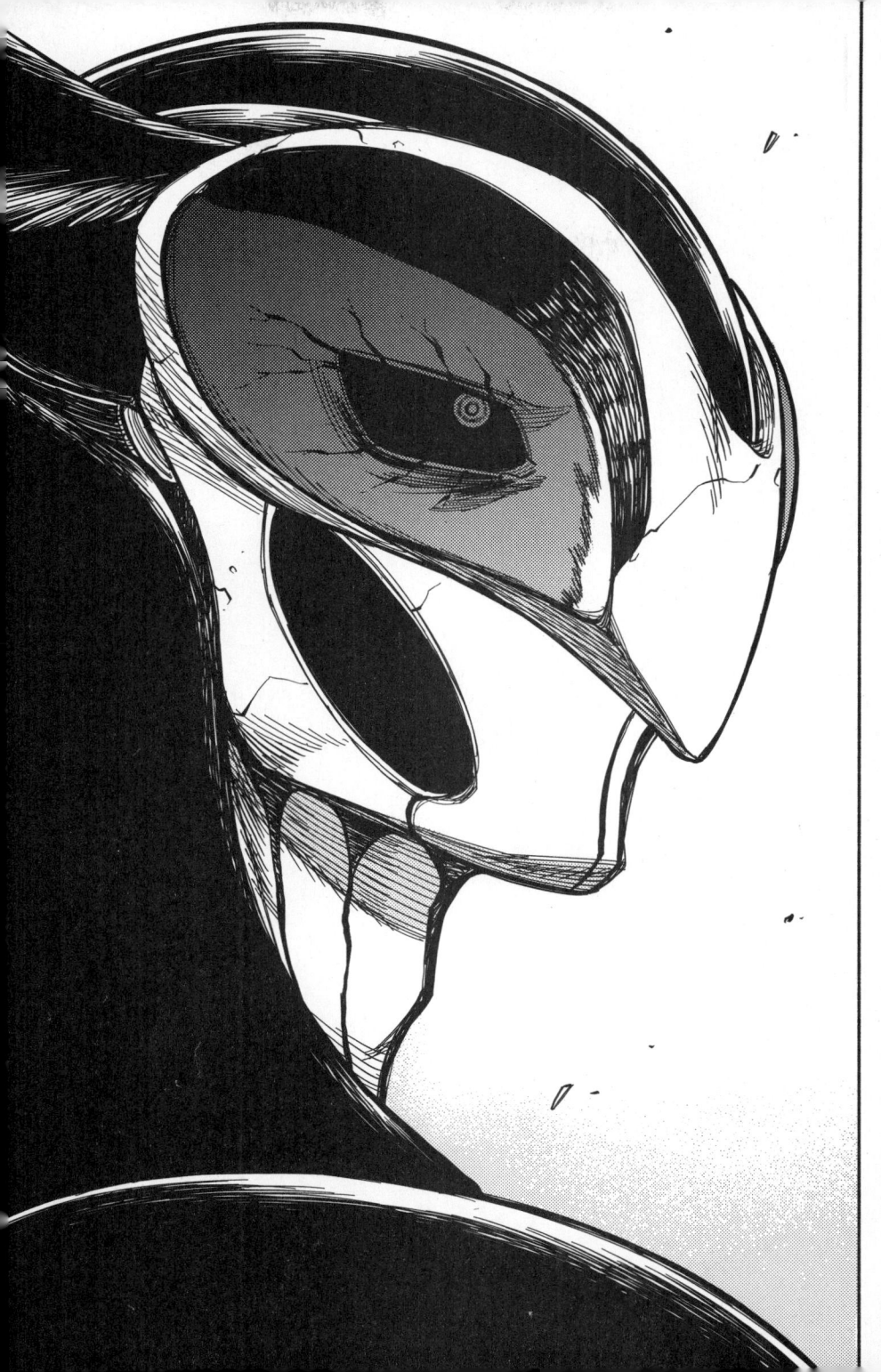

FORTSETZUNG FOLGT ...

Der stärkste Held mit dem Mal der Schwäche
Shinkoshoto | Liver Jam & POPO (Friendly Land) | Huuka Kazabana

Einst gab es einen mächtigen Weisen, der sein Leben der Magie widmete. Er kam jedoch zu der Erkenntnis, dass sein Mal nicht für den Kampf geeignet war. Da ein Mensch bei seiner Geburt eines von vier Malen erhält, entschied er sich wiedergeboren zu werden. Es glückte ihm, jedoch muss er erkennen, dass die magischen Fähigkeiten der Menschen schwächer sind, als er erwartet hatte.

Der konkurrenzlose Weise – Mit der Hilfe von Gaming-Wissen zur Nummer eins einer anderen Welt
Shinkoshoto | Miso Sato | Kaito Shibano

Kaum ist es ihm gelungen, den Boss des VR-Online Games *BBO* zu bezwingen und damit die Spitze der Rangliste zu erklimmen, erliegt Eld einer Krankheit. Doch er wird in einer anderen Welt wiedergeboren, die *BBO* zum Verwechseln ähnelt! Allerdings fehlt ihren Bewohnern jegliches Wissen über Skills und Techniken. Eld setzt sich ein Ziel: Er will auch die Nummer eins dieser Welt werden.

Mein Isekai-Leben — Mit der Hilfe von Schleimen zum mächtigsten Magier einer anderen Welt

Shinkoshoto | Ponjea (Friendly Land) | Huuka Kazabana

Yuji Sano hat nichts anderes als Arbeit im Kopf — zumindest bis ihn sein PC eines Tages versehentlich in eine andere Welt katapultiert. Als frischgebackener Monsterbändiger sammelt er neben einer Armee von Schleimen auch schier endloses Wissen. Doch was wird jetzt bloß aus der Arbeit, die er zurückgelassen hat?

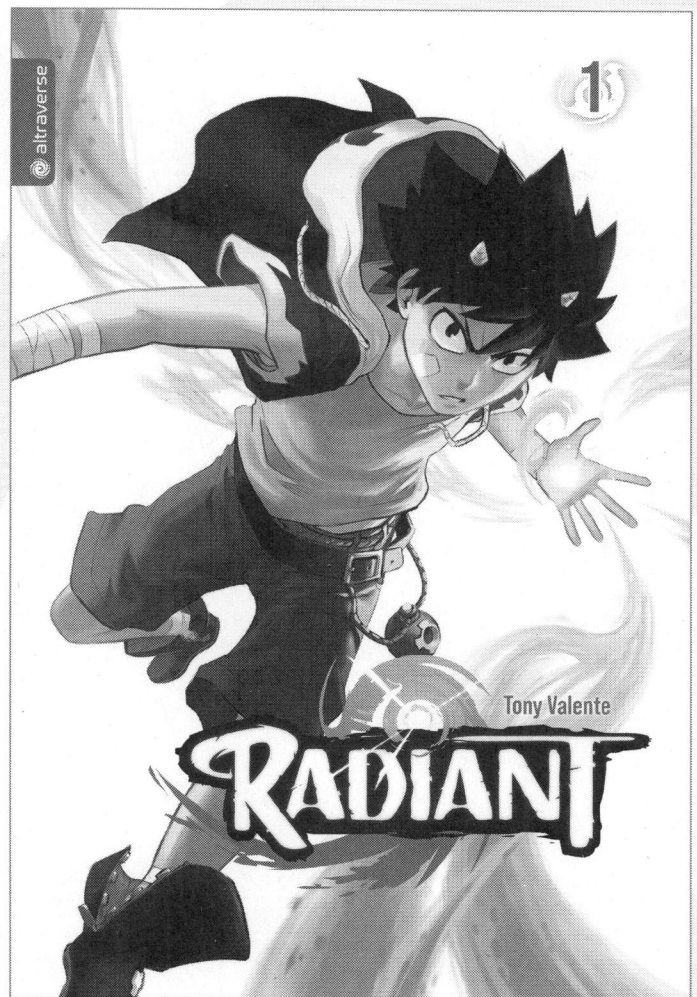

Radiant
Tony Valente

Seth ist ein junger Hexer und gehört damit zu den wenigen, die den schauderhaften Monstern namens Nemesis Einhalt gebieten können, welche das Land bedrohen. Geplagt von Vorurteilen der Bevölkerung und gejagt von der Inquisition beschließt Seth nach Radiant zu suchen, dem legendären Ursprung der Nemesis.

Charon 78
Tamasaburo

Die Charons sind Fremdenführer in einer Welt, durch die ein tiefer Riss von gigantischen Ausmaßen verläuft. In diesem Riss, der Acheron genannt wird, lauern vielerlei Gefahren auf Reisende. Die Natur ist unbarmherzig und weite Teile werden von unheimlichen Wesen bevölkert. Nichts ist dort so, wie es scheint.

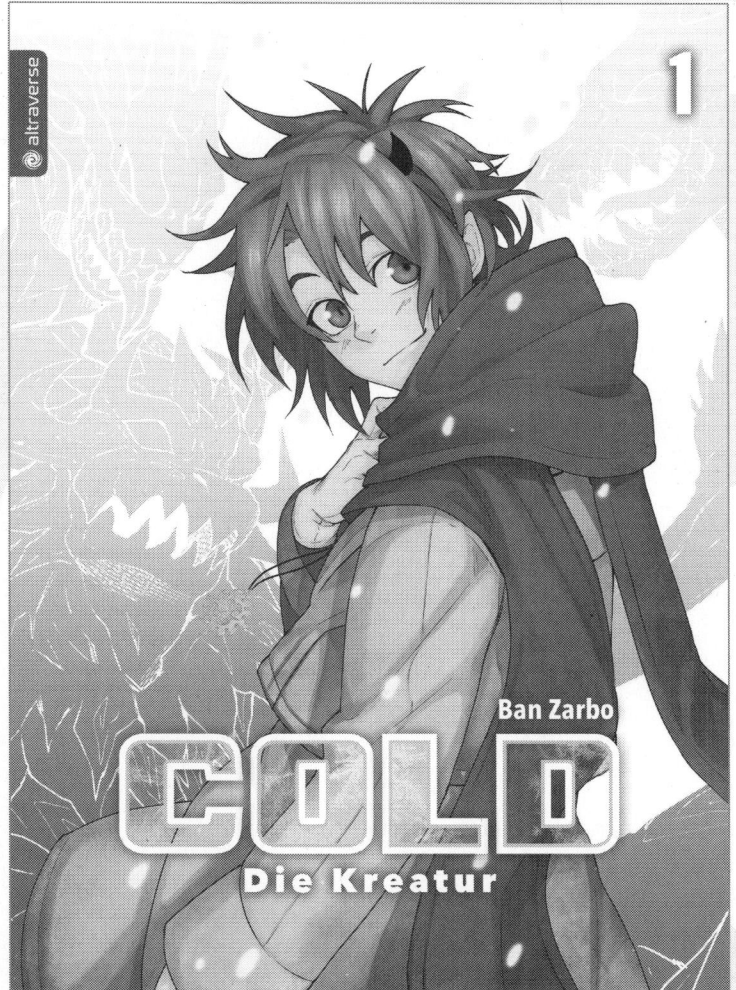

Cold – Die Kreatur
Ban Zarbo

Nach einer Klimakatastrophe hat sich die Welt in ein Meer aus Eis verwandelt. Durch die eisigen Landschaften wandern gefährliche Monster. Die Menschen haben sich in durch hohe Mauern geschützte Städte zurückgezogen und müssen sich Nacht für Nacht gegen die Monster verteidigen. Der junge Sami will unbedingt ein Mitglied der Stadtwache werden und die Welt für immer von den Monstern befreien ...

altraverse

Deutsche Ausgabe / German Edition
Altraverse GmbH – Hamburg 2024
Aus dem Französischen von Laura B. Priebe

Ripper 2, by Jeronimo Cejudo
© ANKAMA ÉDITIONS - 2023
All rights reserved

Redaktion: Esther Hornbrook
Herstellung: Esra Doğan
Lettering: Vibrant Publishing Studio

Druck: Nørhaven A/S, Viborg
Printed in Denmark

Alle deutschen Rechte vorbehalten.
ISBN 978-3-7539-1804-4
1. Auflage 2024

www.altraverse.de